Martina

en el país de los cuentos

o las siete plumas de fuego

GILBERT DELAHAYE · MARCEL MARLIER

TEXTO DE JEAN-LOUIS MARLIER

thule

—¿Y si fuéramos a dar un paseo? —propone Patapuf, saltando alegremente sobre la cama.

—¿A estas horas? Pero si aún es de noche… y además, está lloviendo —responde Martina soñolienta—. ¡No me digas que tienes ganas de salir con este tiempo!

—¿Quién habla de salir? Lo que te propongo es dar un paseo… ¡por tu libro de cuentos!

rase una vez, hace mucho, mucho tiempo, un polluelo de oropéndola todo vestido de oro y azabache. Su mamá le había puesto el cariñoso nombre de «Peluso». ¡Nunca existió otro pájaro tan alegre como él! Apenas salido del huevo, hacía ya las delicias de todo el bosque con su melodioso trinar… Pero para su desgracia, muy cerca de allí vivía una bruja. A aquella malvada mujer únicamente le gustaba escuchar el siniestro concierto de los sapos, y los alegres gorjeos del pequeño pájaro la molestaban enormemente. Un día, harta ya de aquella bolita de plumas y de su alegre cantar, roció a Peluso con unos polvos mágicos al tiempo que decía:

Este pájaro de cantar cesará y en muchacho se transformará,
hasta que las siete plumas de fuego consiga juntar.

–¿Dónde estoy? ¡Yo conozco este bosque! Se parece mucho al de mi libro de cuentos. Seguro que estoy soñando… Hasta huele a papel y tinta: ¡qué extraña impresión la de estar dentro de un libro! Si al menos Patapuf estuviera conmigo, no me sentiría tan sola.

–¿Qué es eso? Oigo llorar a alguien…
¡Huy! ¡A ese niño yo lo conozco!
Rápido, voy a saltar a la otra página.
Uno, dos y tres… ¡hop!

–Anda, pajarito… ¡no llores más!

–¿Quién eres tú?

–Me llamo Martina. Y tú eres Peluso, ¿verdad? He leído el libro que explica tu historia y sé que debes conseguir siete plumas para deshacer el hechizo. ¿Quieres que las busquemos juntos? Entre los dos, seguro que será más fácil…

Y mientras charlan, los dos niños llegan a un enorme y sombrío bosque.

–¡Pobre Peluso! –dice Martina–. Te han hecho protagonista de una extraña historia. Los que la han escrito deben de estar algo chiflados: ¿has visto qué animales tan raros hay en este bosque?

–¿Y qué tienen de raro? ¿O es que en tu mundo son diferentes? –pregunta Peluso con extrañeza.

–¡Claro! En mi mundo son más… quiero decir, son menos… Bueno, que los animales de este mundo también son bonitos. ¡Mira! ¡Unicornios! Es la primera vez que los veo al natural. ¡Cuando se lo cuente a Patapuf…!

–¿Patapuf? ¿Quién es? –pregunta Peluso.

–Es… es una criatura fabulosa que vive en mi país.

–¡Atención! Hemos llegado a la primera prueba. Tenemos que atravesar este barranco en equilibrio sobre el tronco. La primera pluma está allí, sobre esa rama.

–Siempre me he preguntado qué habrá allí abajo… ¿Es muy profundo? –pregunta Martina con inquietud.

–Nadie lo sabe: ¡el dibujante lo ha dejado a medias!

–Pues así da aún más miedo –dice Martina avanzando con cautela–. Tres pasos más, dos… ¡Uf, lo hemos conseguido!

–¡Chist! En esta página no hay que hacer ruido. Aquí vive un gato muy fiero: el «gato con sombrero», un primo lejano del gato con botas. Es grande como una casa y tiene siempre tanto apetito que podría comerse vivos al menos a diez niños como nosotros.

–¡Mira, la segunda pluma está allí! Hay que cogerla sin hacer sonar los cascabeles… ¡Ten cuidado!

–¡Brrr! –exclama Peluso–. Los gatos me ponen los pelos de punta…

–Aquí todo es azul: los árboles, la hierba, todo… ¿Por qué será?

–Los animales son azules para pasar desapercibidos, pues en algún sitio, entre las sombras, se esconde… ¡el lobo azul!

–¡El lobo! ¡Es verdad! Ya me acuerdo –exclama Martina, temblando de miedo–. Rápido, escondámonos tras las ramas. Por cierto, espero que este azul no me manche el camisón…

–No, no vale la pena quedarse aquí. En esta página no hay ninguna pluma… ¡Pasemos a la siguiente!

–¡Oh! Un castillo como el que sale
en mis sueños...

–... ¡y en mis pesadillas! –dice
el viejo jardinero–. Aquí vive el hada Malvada.
Tened mucho cuidado: suele hechizar a los
intrusos y les obliga a limpiar el castillo desde
el sótano hasta la torre... ¡para siempre!

–Venimos a buscar la tercera pluma.

–¿La pluma de fuego? ¡Imposible! El hada
Malvada la usa para adornar su tocado –dice la
princesa Aurora, palideciendo–. Y en lugar de
dárosla, podría convertiros en lagartija o en araña.
A menos que... ¡ lo intentéis a través de esta ventana!
Le diré que venga hasta aquí con alguna excusa.

Hemos llegado a la página del ogro de la llave de oro.

–¡Oh! Tiene un aspecto muy fiero... ¡y parece hambriento! –exclama Martina, amedrentada.

–¿Comilón? ¿Peligroso?... ¡Qué va! Voy a confiarte un secreto: quiere dárselas de ogro malo, pero en realidad es amigo mío. A veces, cuando el libro está cerrado, pasamos el rato jugando al escondite. Y lo mejor es que, como es tan grande, ¡nunca consigue ocultarse por completo!

–¡Eh, Comilón! ¡Despierta y ábrenos!

El ogro mira a la niña de reojo y emite un terrorífico gruñido.

–No te esfuerces, grandullón: es amiga mía.

–¡Más alto! ¡Aún más! Está en la cima de este árbol… ¡La tengo! ¡Tengo la pluma! –exclama Peluso.

–Habéis sido muy amables ayudándonos –dice Martina–. Cuando queráis, podéis venir a mi casa y os prepararé un sabroso pastel.

Los pequeños elfos estallan en sonoras carcajadas.

–Nosotros no comemos pastel, sólo bebemos néctar de flores. Pero si nos dejas, quizás vayamos alguna tarde de verano a refrescarnos a tu jardín. ¡Gracias por la invitación!

–Hemos llegado al territorio del dragón. Por un quítame allá esas pajas, este monstruo lanza enormes llamaradas por la boca: ¡se pasa la vida haciendo agujeros en todas partes! ¡Acabará por prenderle fuego al libro! Si yo fuera su madre, no lo dejaría volver a jugar con cerillas…

–La quinta pluma está bajo una piedra calcinada. ¡Mírala!
–Cógela, Martina, ¡y vámonos de aquí!

–¡Este cuento es un verdadero lío! Acabamos de dejar atrás el fuego del dragón y ahora nos zambullimos en el mar.

–¡Bucea, Martina! ¡Bucea conmigo! La sexta pluma está en el fondo, dentro de la gran concha. Y allí, a lo lejos, hay una playa de arenas blancas y palmeras: es la isla del tesoro. Piratas de los siete mares han ido allí para esconder cofres llenos de joyas, piedras preciosas y monedas de oro.

–¡No! ¡No es posible!… ¡La séptima pluma no está en su sitio!

–Todo está perdido –se lamenta Peluso–. ¡Nunca más volveré a ser pájaro!

–No te desanimes –dice Martina–. La bruja te ha engañado: ¡la última pluma está en su casa, y vamos a ir a buscarla! Pediremos a nuestros amigos que nos ayuden. Éste es mi plan…

–¡Señora bruja! –grita Martina–. Salga, deprisa: ¡Peluso ha encontrado las siete plumas!

–¡Mientes! –ruge la bruja–. ¡Es imposible! No puede tenerlas todas. La séptima la tengo yo: ¡mírala, aquí está!

Rápido como un rayo, un elfo se hace con la pluma. Y en el mismo instante, Comilón se traga de un bocado a la bruja, con sombrero y todo.

–¡Burp! Qué mal sabe esta bruja… –dice el ogro, escupiendo un trozo de escoba.

–¡Bravo, Comilón! ¡Bravo, pequeño elfo! –exclama Martina–. Gracias a vosotros, hemos conseguido las siete plumas. ¡Peluso volverá a ser pájaro! Venid, que os daré un beso a todos.

Comilón no se lo hace decir dos veces. Se quita el sombrero y, cuando Martina deposita un dulce beso en su mejilla… enrojece como un niño.

–¡Volveré a ser pájaro! ¡Qué contento estoy! –dice Peluso–. Echo tanto de menos mis alas… ¡Y podré cantar otra vez! ¡Gracias! Gracias a todos por…

Antes de que pueda acabar la frase se deshace el maleficio y, ante los maravillados ojos de Martina, el pájaro emprende el vuelo.

–¡Vuela alto! ¡Muy alto! –grita Martina–. ¡Lo hemos conseguido!

–¡Lo hemos conseguido! ¡Lo hemos conseguido!

–¡Guau! –la voz de Martina ha despertado a Patapuf, que salta sobre la cama para darle los buenos días.

–¡Oh, Patapuf! Si supieras… He estado dentro del libro con Peluso, el pájaro. ¡Los libros son maravillosos! Cuando sabes leer, se pueden hacer viajes fantásticos, conocer nuevos amigos y vivir emocionantes aventuras.

Patapuf la mira:

–La próxima vez, ¿me llevarás contigo? Di:¿me llevarás?

–¿Adónde? –pregunta Martina–. ¿A mis sueños?

–¡No! A la escuela. ¡Quiero aprender a leer!

Martina en el país de los cuentos

Títulol original: *Martine au pays des contes*
© 2000, Casterman

© 2009 Thule Ediciones, S.L.
Alcalá de Guadaira 26, bajos
08020 Barcelona
Traducción: Gloria Castany Prado
Maquetación: Jennifer Carná

ISBN: 978-84-92595-07-5

Impreso en Italia

www.thuleediciones.com